LAND DER SCHATTEN

Band 1
DIE AUGEN AUS STEIN

SZENARIO
CHRISTOPHE GIBELIN

ARTWORK
BENOIT SPRINGER

ehapa
COMIC COLLECTION

Dank an Claire.

Dank an Mathieu, MU & DA, RHCP, Lucky Strike, SRV,
den Kaffee, AC/DC, PRIMUS, das Radio, Led Zep', Jimi,
Cypress Hill, BEFDBEF (genannt Pouyade Man); Mama, meinen kleinen Bruder,
die Katzen, die Fische, Herrn BÔRIN, Herrn FAURE, FRAZETTA, BISLEY
und all jene, die ich vergesse...

B.S.

1. Auflage 1996
EHAPA COMIC COLLECTION
Postfach 10 12 45, 70011 Stuttgart
Übersetzung aus dem Französischen:
Paul Derouet und Hartmut Becker
Chefredaktion und verantwortlich für
diese Ausgabe: Michael F. Walz
Stellvertretende Chefredaktion: Georg F.W. Tempel
Lettering: Kordula Botta
Gestaltung: Wolfgang Berger
Buchherstellung: Andreas Jakob und Agnès Borie
Originaltitel: «Terres d'ombre 1: Les yeux de pierre»

Druck und Verarbeitung: Tipolitografia Petruzzi, Italien
ISBN 3-7704-1834-4

Gedruckt auf chlorfreiem Papier
Umschlagveredelung mit umweltverträglichem Lack

AAAAAAAH!!
CROC!
LIDA!! HÖR AUF! MIT ESSEN SPIELT MAN NICHT!

NICHTS!
STOMP!
SEIT SUY TRAMAHL KÖNIG ZYNSKI DEN KRIEG ERKLÄRT HAT, TRAUT SICH KEIN HÄNDLER MEHR HIERHER!
NUR NOCH TRUPPEN, DIE AN DIE FRONT ZIEHEN, DURCHQUEREN UNSERE SÜMPFE! ABER MIR IST ES DOCH VÖLLIG EGAL, OB MEINE GRAFSCHAFT DAS NACHBARREICH ZUSAMMENPRÜGELT ODER NICHT.
NUR DAS ALTE GESCHÄFT SOLL WIEDER LAUFEN! DER KRIEG TAUGT NICHTS: KEINE HÄNDLER UND REISENDEN MEHR, DIE MAN AUSRAUBEN ODER VERGEWALTIGEN KANN.
SO EIN MIST!
?!
BAM!
AHA...
NA, DU KÖFFERCHEN! VERBIRGST DU ETWA GOLD?
CRECK!
?!
ZYNSKI-UNIFORMEN! DIE BEIDEN WOLLTEN ALSO ZUM FEIND ÜBERLAUFEN! WENN WIR SIE NICHT GETÖTET HÄTTEN, WÄRE SUY TRAMAHL VERRATEN WORDEN!
UND DIES HIER? MAL SEHEN ...
CRAC!
2.

?!
NOMADEN-AUGEN?! SIEHT JEDENFALLS SO ÄHNLICH AUS!
DIE MEHARISTEN UND DIE NOMADEN SCHÜTZEN SICH DAMIT IN DEN WÜSTEN DES SÜDENS VOR DER SONNE... ABER HIER... IN DEN SÜMPFEN?!... VÖLLIG UNNÜTZ!
LIDA! WIR BRECHEN AUF!... IN DIE STADT!...
NACH SUY TRAMAHL!
BEURK?!
GROMPH!
BRAUCHST NICHT ZU MECKERN! SIEH DICH NUR UM!...
HIER GIBT'S NICHTS MEHR FÜR UNS! DIE HÄNDLER HABEN IHR GOLD, UND DIE MÄDCHEN IHREN ARSCH HINTER DEN MAUERN DER KAISERSTADT IN SICHERHEIT GEBRACHT!
DIESE BRILLE IST UNSER TAUSCHGELD, UM DIE PASSAGE ZU BEZAHLEN!
HHHHSSH!
DU HAST SOWIESO KEINE ANDERE WAHL! ICH BIN HIER DER CHEF!
3.

EINIGE TAGE ZUVOR...
SUY TRAMAHL, DIE HAUPTSTADT DES KAISERREICHS. VOR DER STADT VERSAMMELN SICH BETTLER UND NOMADEN IN DER HOFFNUNG, SICH EINES TAGES DAS RECHT ERKAUFEN ZU KÖNNEN, DURCH DIE STADTMAUERN ZU ZIEHEN...

WIR SIND DA!
HALT!
FÜR DREI WAGEN, DIE PFERDE UND IHRE GANZEN LEUTE...
...MACHT DAS 30.000 SLUZIS, DAMIT SIE PASSIEREN KÖNNEN.
LASST SIE REIN! MACHT DEN WEG FREI!
5.

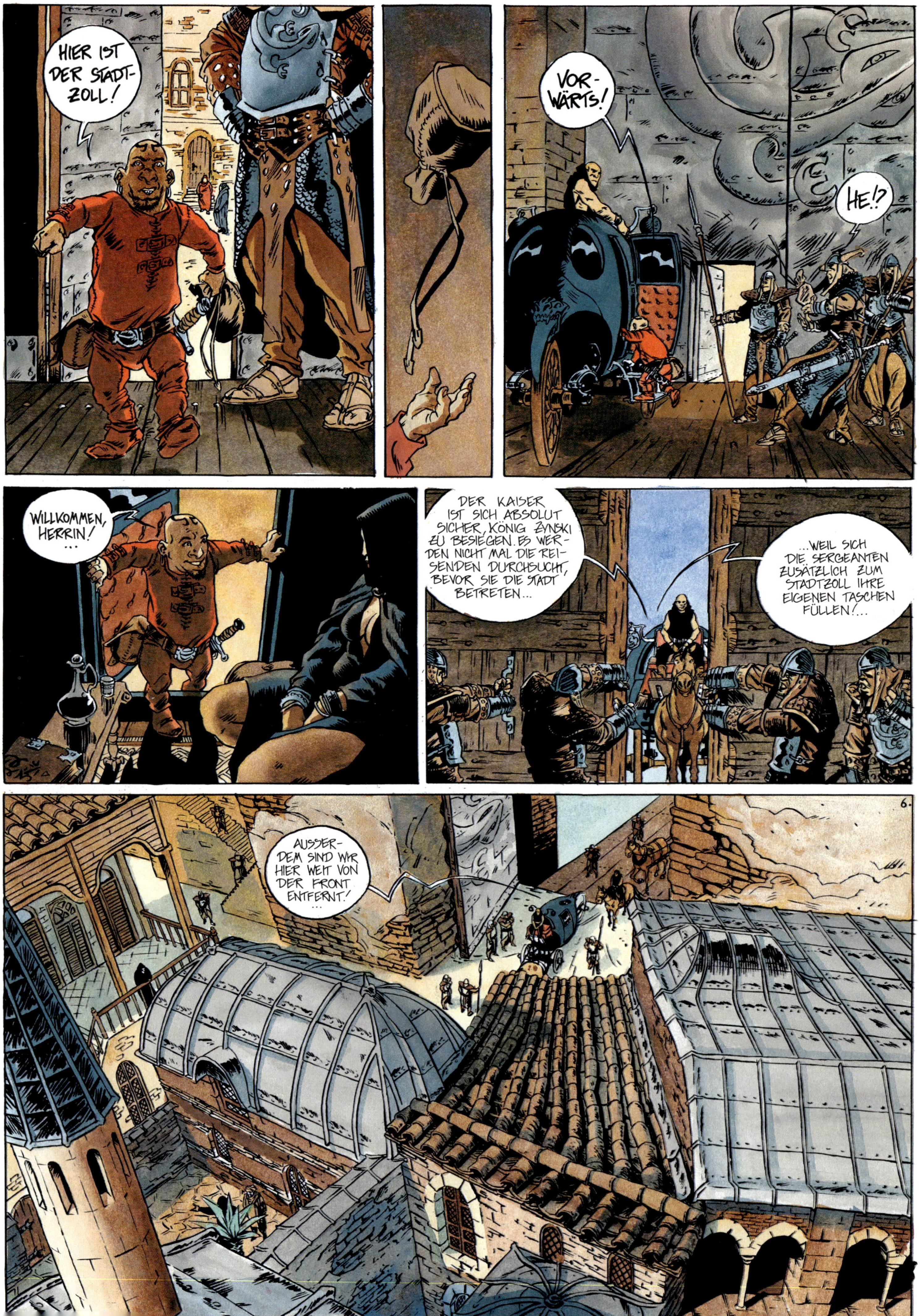
HIER IST DER STADTZOLL!
VORWÄRTS!
HE!?
WILLKOMMEN, HERRIN! ...
DER KAISER IST SICH ABSOLUT SICHER, KÖNIG ZYNSKI ZU BESIEGEN. ES WERDEN NICHT MAL DIE REISENDEN DURCHSUCHT, BEVOR SIE DIE STADT BETRETEN...
...WEIL SICH DIE SERGEANTEN ZUSÄTZLICH ZUM STADTZOLL IHRE EIGENEN TASCHEN FÜLLEN!...
AUSSERDEM SIND WIR HIER WEIT VON DER FRONT ENTFERNT! ...
6.

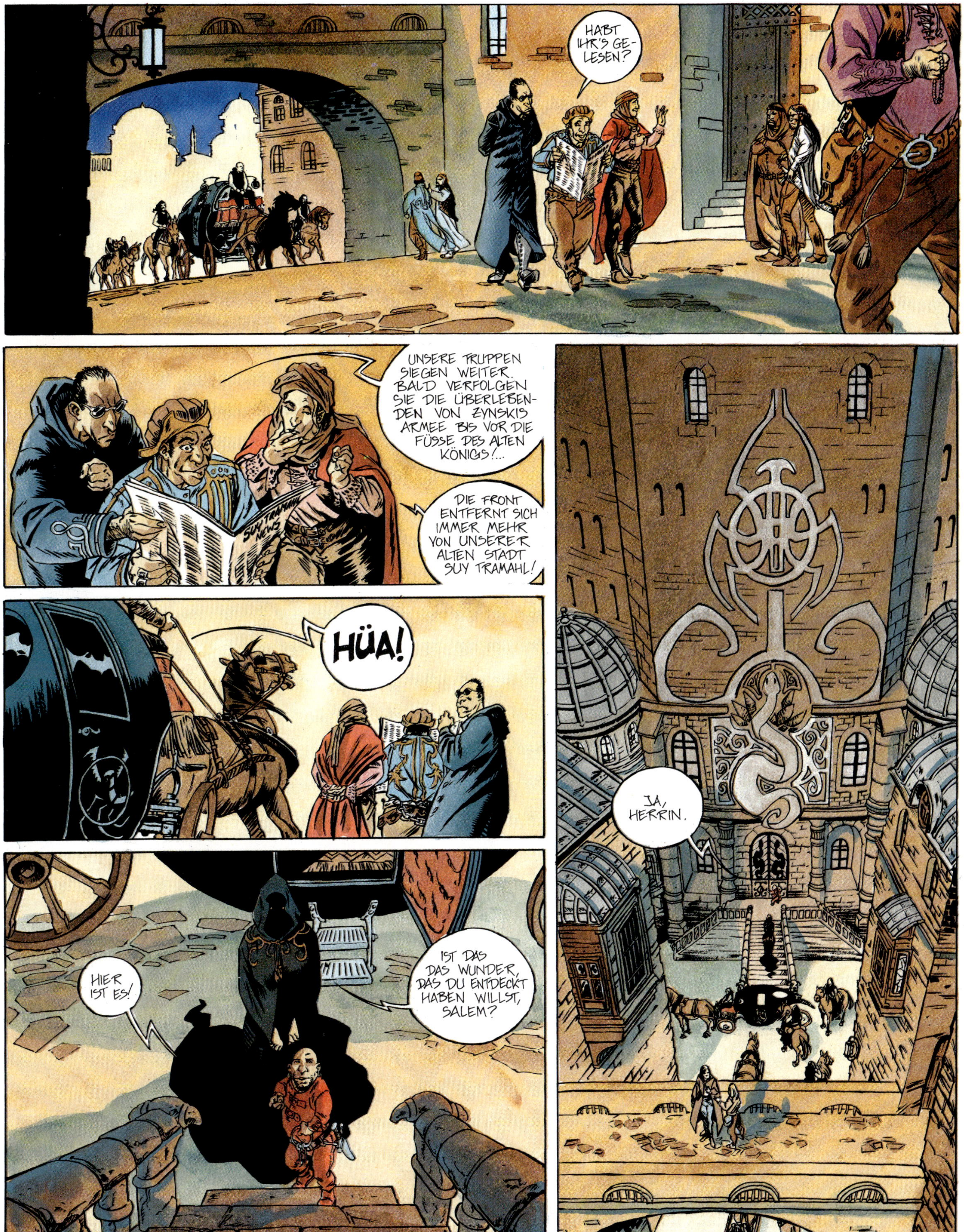
HABT IHR'S GELESEN?
UNSERE TRUPPEN SIEGEN WEITER. BALD VERFOLGEN SIE DIE ÜBERLEBENDEN VON ZYNSKIS ARMEE BIS VOR DIE FÜSSE DES ALTEN KÖNIGS!...
DIE FRONT ENTFERNT SICH IMMER MEHR VON UNSERER ALTEN STADT SUY TRAMAHL!
HÜA!
HIER IST ES!
IST DAS DAS WUNDER, DAS DU ENTDECKT HABEN WILLST, SALEM?
JA, HERRIN.

ICH HABE EURE ANSPRÜCHE AKZEPTIERT. DAFÜR WAREN DIE WENIGEN TAGE, DIE MIR ZUR VERFÜGUNG STANDEN, NICHT ZUVIEL! ICH HABE FÜR EUCH DAS HÖCHSTE HAUS DER STADT GEFUNDEN! ...NACH DEM PALAST NATÜRLICH!...
IHR VERFÜGT SOGAR ÜBER EINEN FAHRSTUHL!
ICH WILL, DASS DIESER TURM INNERHALB VON DREI NÄCHTEN DEN WOLKEN NÄHER IST ALS DER HÖCHSTE TURM DES KAISERLICHEN PALASTES! VERANLASS ALLES NÖTIGE!
NUR DREI NÄCHTE? WOLLT IHR SCHON SO FRÜH BEGINNEN?
WENN WIR NICHT SCHNELL HANDELN, LIEGT DER ALTE ZYNSKI BALD IN DEN LETZTEN ZÜGEN!
MEINE TRUPPEN NÄHERN SICH SCHON DER FRONT, UM SEINEN SOLDATEN ZU HELFEN. SOBALD SIE DORT SIND, WERDE ICH SIE VORWÄRTSTREIBEN, INDEM ICH SIE ZU MIR RUFE, MITTEN INS HERZ VON SUY TRAMAHL!... DANN ABER ZIEHT ZYNSKI SICH SCHNELL ZURÜCK, SO DASS MEINE ENGELCHEN BALD AUSSERHALB MEINER REICHWEITE SIND! DAMIT WÄRE DANN ALLES ERLEDIGT! SUY TRAMAHL ALS SIEGER WIRD MIR NICHT GEBEN, WAS ER MIR VERSPROCHEN HAT...
QUITSCH!
...FÜR MEINE DIENSTE!!
KEINE SORGE, HERRIN!... ICH KÜMMERE MICH DARUM, DASS ALLES RECHTZEITIG FERTIG IST... IN DREI NÄCHTEN!...
8.

UND KEINE SORGE, WAS DIE JUNGEN MÄDCHEN BETRIFFT! UM ZEIT ZU GEWINNEN, HABE ICH BEREITS ETWAS... ÄH ...GEFORSCHT!
DU HAST WAS?!
ICH WEISS AUCH, WO...
G...
SALEEMM!
WENN DICH JEMAND BEMERKT HAT... !!!
NEIN! NEIN! GANZ BESTIMMT NICHT!
AAH!

SALEEMM !!
ICH WOLLTE NUR ZEIT GEWINNEN! KEINER HAT MICH GESEEEEEEE...
ICH SCHERZE NUR, SALEM! BLOSS EIN SPASS! ...ICH WILL KEINE VON DEINEN KLEINEN NUTTEN, DIE KAUM EINE NACHT DURCHHALTEN. STÄNDIG MÜSSEN SIE AUSGETAUSCHT WERDEN!... UND ES FEHLT AN GLANZ!... DAS ERREGT MICH NICHT MEHR!... RATE MAL, WEN ICH WILL!
...
IST ES WIRKLICH NÖTIG, SO IMPULSIV ZU SEIN, HERRIN?
DAS IST DER RICHTIGE MOMENT!... BLAUES BLUT IST EINFACH REINER, UND ICH BIN SICHER, DASS SIE LÄNGER AUSHALTEN WIRD!

VERMEIDE KÜNFTIG EIGENMÄCHTIGKEITEN! ...
G...GUT, HERRIN! ...
?!
SALEM! KOMM HER! ICH HABE ZWEI AUFGABEN FÜR DICH!
S...SOFORT, HERRIN ...
DREI VON UNSEREN MÄNNERN SOLLEN IN SUY TRAMAHLS UNIFORMEN ÜBER DIE SÜMPFE AN DIE FRONT GEHEN. DORT TAUSCHEN SIE IHRE UNIFORMEN GEGEN DIE VON ZYNSKIS ARMEE UND GELANGEN SO UNBEMERKT IN DESSEN ARMEE. SIE MÜSSEN DEM ERSTEN OFFIZIER, DEN SIE FINDEN, DIESE KASSETTE ÜBERGEBEN!
ICH SPRACH VON ZWEI AUFGABEN, SALEM! BRING DIESES KÖFFERCHEN ZUM PALAST DES KAISERS. WIR MACHEN SEINEM TÖCHTERCHEN EIN GESCHENK! ...
ES BEGAB SICH ALSO VOR DREI TAGEN...

EIN TAG UND ZWEI NÄCHTE SIND VERGANGEN, SEIT MIECQ UND LIDA DEN WAGEN DER HEXE ABISHAG ÜBERFALLEN HABEN. AM MORGEN DES ZWEITEN TAGES BEFINDEN WIR UNS VOR DER GROSSEN STADT SUY TRAMAHL.

HUMPF!
?
SCHON GUT! LASST MICH IN RUHE!
PLATZ! PLATZ DA! MACHT DEN WEG FREI!
!!!
GEH WEG!
FLATCH!
13.

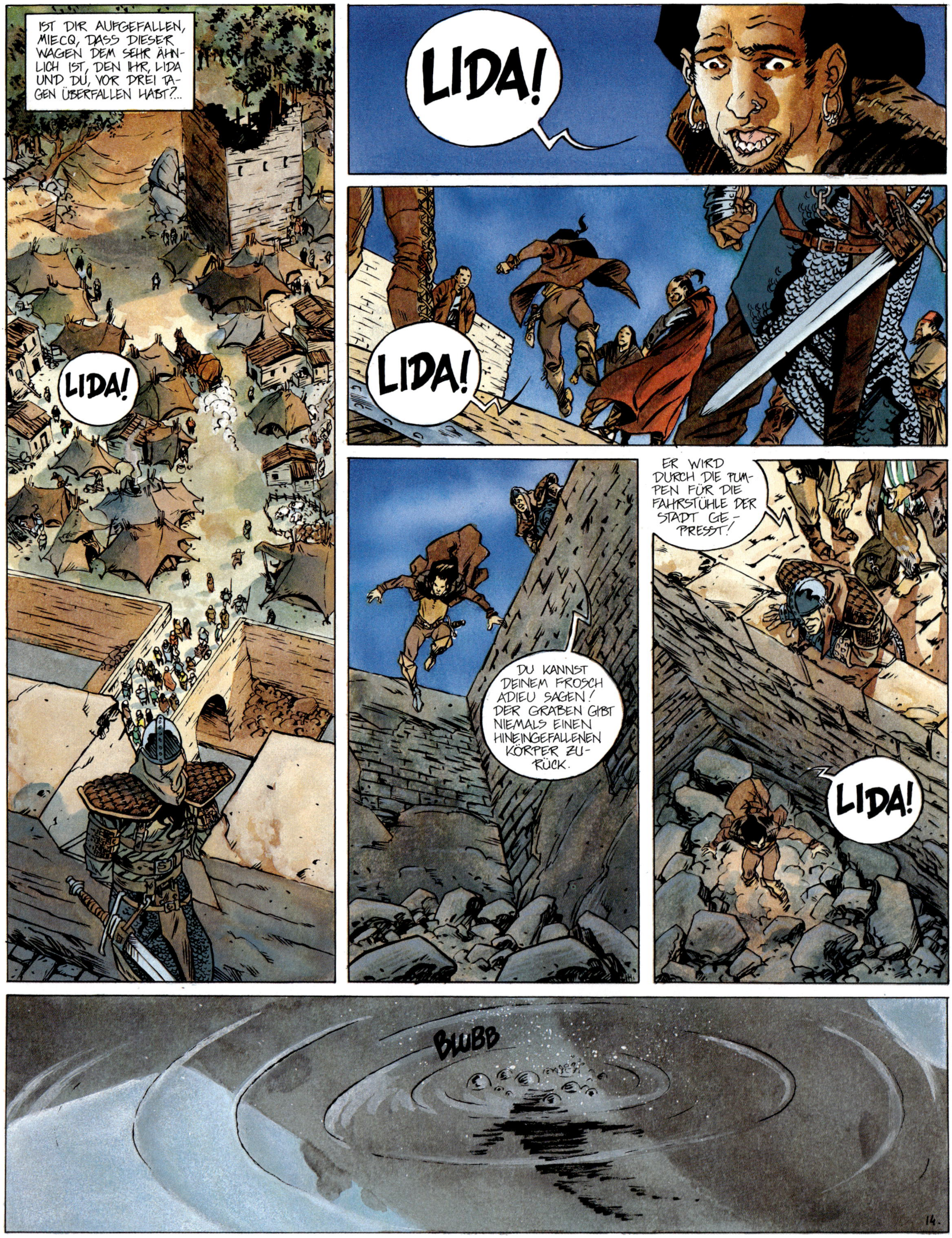
IST DIR AUFGEFALLEN, MIECQ, DASS DIESER WAGEN DEM SEHR ÄHNLICH IST, DEN IHR, LIDA UND DU, VOR DREI TAGEN ÜBERFALLEN HABT?...
LIDA!
LIDA!
LIDA!
DU KANNST DEINEM FROSCH ADIEU SAGEN! DER GRABEN GIBT NIEMALS EINEN HINEINGEFALLENEN KÖRPER ZURÜCK.
ER WIRD DURCH DIE PUMPEN FÜR DIE FAHRSTÜHLE DER STADT GEPRESST!
LIDA!
BLUBB

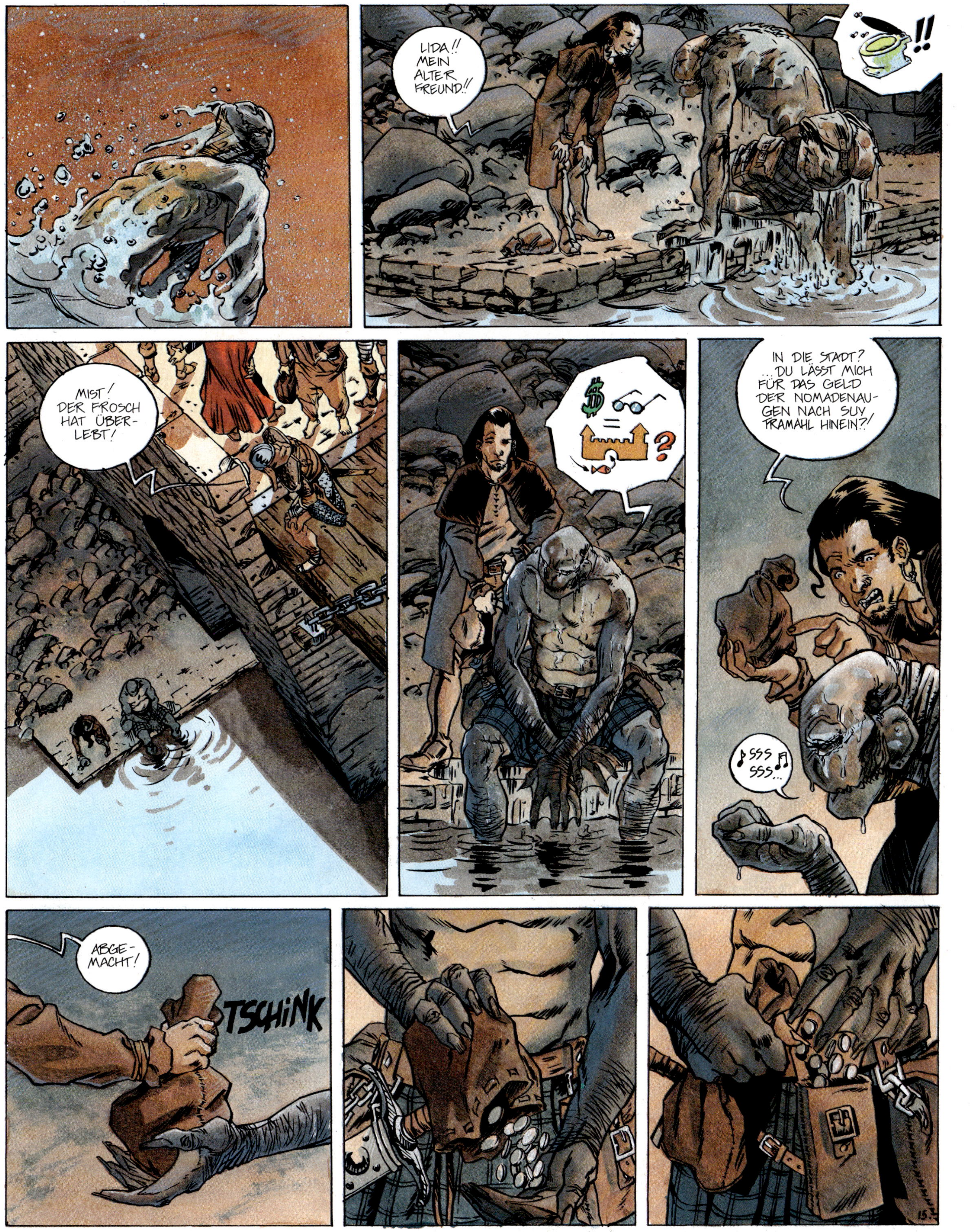
LIDA!! MEIN ALTER FREUND!!
!!
MIST! DER FROSCH HAT ÜBER-LEBT!
IN DIE STADT? ...DU LÄSST MICH FÜR DAS GELD DER NOMADENAU-GEN NACH SUY TRAMAHL HINEIN?!
SSS SSS...
ABGE-MACHT!
TSCHINK

WAS IST?
WAS... ??!
OOOOOHH! 'INNST DU?! KA' NICHT MEHR AT'EN!!
AAAH! ...
WAS TREIBEN DIESE BEI-DEN DA NOCH?
SPLASH!
FLATSCH!
16.

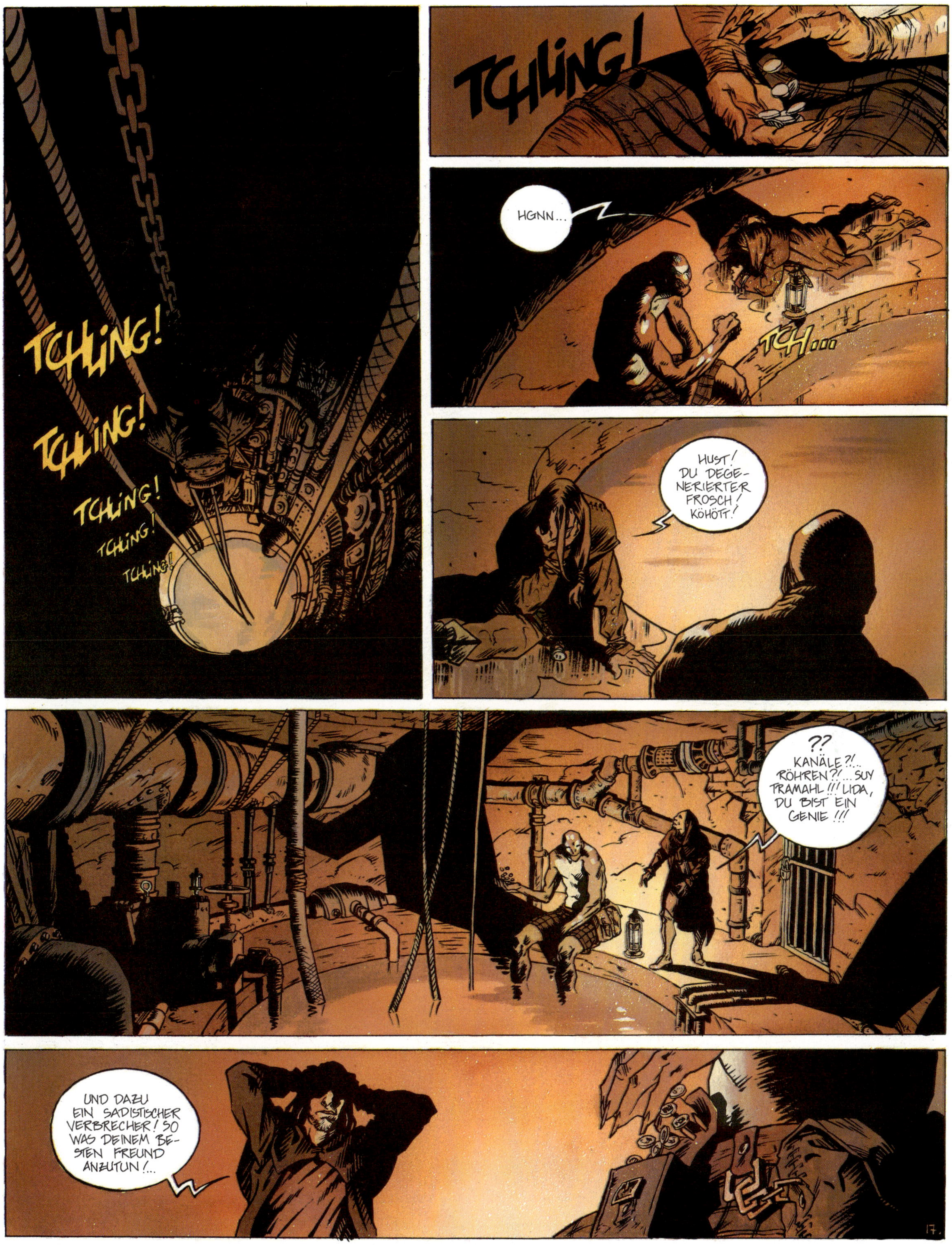
TCHLING!
TCHLING!
TCHLING!
TCHLING!
TCHLING!
TCHLING!
HGNN...
TCH...
HUST! DU DEGENERIERTER FROSCH! KÖHÖTT!
?? KANÄLE?!.. RÖHREN?!... SUY TRAMAHL!!! LIDA, DU BIST EIN GENIE!!!
UND DAZU EIN SADISTISCHER VERBRECHER! SO WAS DEINEM BESTEN FREUND ANZUTUN!...

BESCHWER DICH NICHT, MIECQ! OHNE DIESEN BEUTEL ÜBER DEM KOPF WÄREN DEINE LUNGEN VOLLER WASSER. NUR SO HAT LIDA ES GESCHAFFT, DICH WIEDERZUBELEBEN...
DIESER EKELHAFTE FISCHGESCHMACK IM MUND!!... BEURK!
BLOUB BLOUB!
?!
GUTE IDEE, UNS DURCH DAS WASSERRESERVOIR DER FAHRSTÜHLE NACH SUY TRAMAHL ZU BRINGEN, LIDA...
IIIK! IIIIK!
ABER DAS GEGENGEWICHT FÄLLT UNS GLEICH AUF DEN KOPF! ...
WIR MÜSSEN SCHNELL WEG! ...
KRUNK!
LOS, HOCH! SCHNELL!!
BLOUB BLOUB
NIF NIF

ES GEHT HOCH... PUH... IM KREIS... PUH... UM DEN FAHRSTUHL-SCHACHT... PUH... VER-MUTLICH DIE TREP-PE FÜR DIE WARTUNG...
...KOMI-SCHEN KÄFIGEN, DIE DURCH DEN WASSERDRUCK... PUH... HOCH-UND RUNTERFAHREN...
PUH!... SCHHH!... HABE SCHON GEHÖRT VON DIESEN... HSCHHH!
NUR DIE HÖCHSTEN HOCHHÄUSER HABEN WELCHE...
HE! OH! PUH! WIR SOLLTEN OBEN ERST ABENDS AUF-TAUCHEN!... PUH... WIR KÖNNEN UNS NICHT AUSWEI-SEN! PUH...
19.

PUH! ACH, ENDLICH!
WARTEN WIR...PUH... AUF DIE NACHT! ...PUH...
DIESES ZEICHEN KOMMT MIR BEKANNT VOR!...
20.

KRR...
GRRMPF!
WARTE!... LANGSAM! WIR HABEN ZEIT UND KÖNNEN ES OHNE GEWALT ÖFFNEN! ...HEUTE NACHT! ...
RRRMPF!
WARTE DOCH! WO HABE ICH DAS NUR HIN-GETAN?
ICH HAB'S!
!!
WUMP!
KLANG!
MENSCH! SPINNST DU?!... OHNE GEWALT!...UND LEISE!... VERFLUCHT, LIDA! MANCHMAL BE-REUE ICH ES, DICH DIE-SEM HINKELSTEIN-HÄNDLER ABGE-KAUFT ZU HABEN!! ...
DAS BEHALTE ICH LIEBER BEI MIR!
21.

WO SIND SIE? ... WIR HABEN UNS BESTIMMT VERLAUFEN! ...
HOFFENTLICH SIND WIR SCHON HINTER DER FRONTLINIE!
BESSER WÄRE ES! ... WIR HABEN GERADE DIE ZYNSKI-UNIFORMEN ANGEZOGEN, UND ICH MÖCHTE LIEBER AUF KEINE PATROUILLE VON SUY TRAMAHL STOSSEN! ...
iiiiiH!
HEE!!! WAS IST DENN? MISTGAUL!
RUHE!
FRRP!
IHR SOLLTET SCHON VOR ZWEI NÄCHTEN HIER SEIN! ...
22.

LASS DEIN SCHWERT STECKEN! GIB UNS LIEBER DAS, WAS DU UNS MITGEBRACHT HAST! ...
KEINE SORGE!... WIR HABEN SUY TRAMAHL HEUTE FRÜH VERLASSEN, ALS WIR ERFUHREN, DASS DER ANDERE WAGEN UNTERWEGS VERSCHOLLEN IST! ...
HIER IST DER KOFFER ...
BRING IHN SCHNELL DEM KÖNIG!...
SIND DIE KOLOSSE AUF IHREN POSTEN?
SCHON SEIT ZWEI NÄCHTEN!... AUF DIE STADT DES KAISERS GERICHTET, WIE EURE VERDAMMTE HERRIN ES VERLANGT HAT!...
23.

MAJESTÄT! ...NICHT BEWEGEN! ...
MAJESTÄT! ...EURE VERLETZUNG...
SCHNAUZE!
MAJESTÄT, ZWEI BOTEN DER HEXE ABISHAG SIND GERADE AUS SUY FRAMAHL GEKOMMEN UND HABEN DIES MITGEBRACHT! ...
HAU MIT DEINEM DRECK AB, DU QUACKSALBER!!!
GEHT AUF EURE POSTEN ZURÜCK!...
ICH WEISS NICHT, WAS IHR HEUTE NACHT SEHEN WERDET... ICH VERTRAUE DIESER HINTERTRIEBENEN ABISHAG GANZ UND GAR NICHT!...
ICH WEISS NICHT MAL, OB ES ETWAS ZU SEHEN GIBT!
EUER MISSTRAUEN GEGENÜBER ABISHAG BERUHT AUF GEGENSEITIGKEIT!

SIE HAT RECHT DAMIT!
WENN SIE MIT IHREN STEINKOLOSSEN SCHEITERT, KÖNNEN WIR VOR SUY TRAMAHLS TRUPPEN NUR NOCH FLIEHEN!
DES TEUFELS SCHWANZ MÖGE EUCH HEUTE NACHT ERSCHLAGEN!

ICH MÖCHTE DIR EIN KLEINES GESCHENK MACHEN, SALEM!
DANK DIESER BRILLE KANNST DU HEUTE NACHT MEINEN HEXENKÜNSTEN BEIWOHNEN!
SIE SIND FÜR EIN MENSCHLICHES AUGE UNSICHTBAR! NUR MEINE „STEIN-ENGEL" KÖNNEN SIE SEHEN UND WERDEN ZU MIR KOMMEN!
HYPNOTISCH ANGEZOGEN VON MEINEM RUF WIE DIE NACHTFALTER VOM LICHT...
ZYNSKI, DIESER ALTE AASGEIER, MISSTRAUT MIR!... DESHALB BESTEHT ER DARAUF, DASS AUCH SEINE GETREUEN DAS PHÄNOMEN SEHEN! ...UM MICH ZU ÜBERWACHEN!
?
AUCH WENN SIE DADURCH FÜR IMMER DEN VERSTAND VERLIEREN!...
26.

DU HAST NICHTS ZU VERLIEREN, DENN DU BIST BEREITS WAHNSINNIGER, ALS SIE ES JEMALS SEIN WERDEN! ...
ICH WILL MICH NUR VERGEWISSERN, OB MEIN KLEINES GESCHENK UNSERER ZUKÜNFTIGEN KAISERIN GEFALLEN HAT! ...
27.

MIECQ?!
NA, MIECQ! KOTZT DICH DER TEUFEL SCHON AN?
HMMHNNPF!?
??!
LIDA!
BOF!
GRMMPF!?
!!
WANK!
VERFL
...!!!
28.

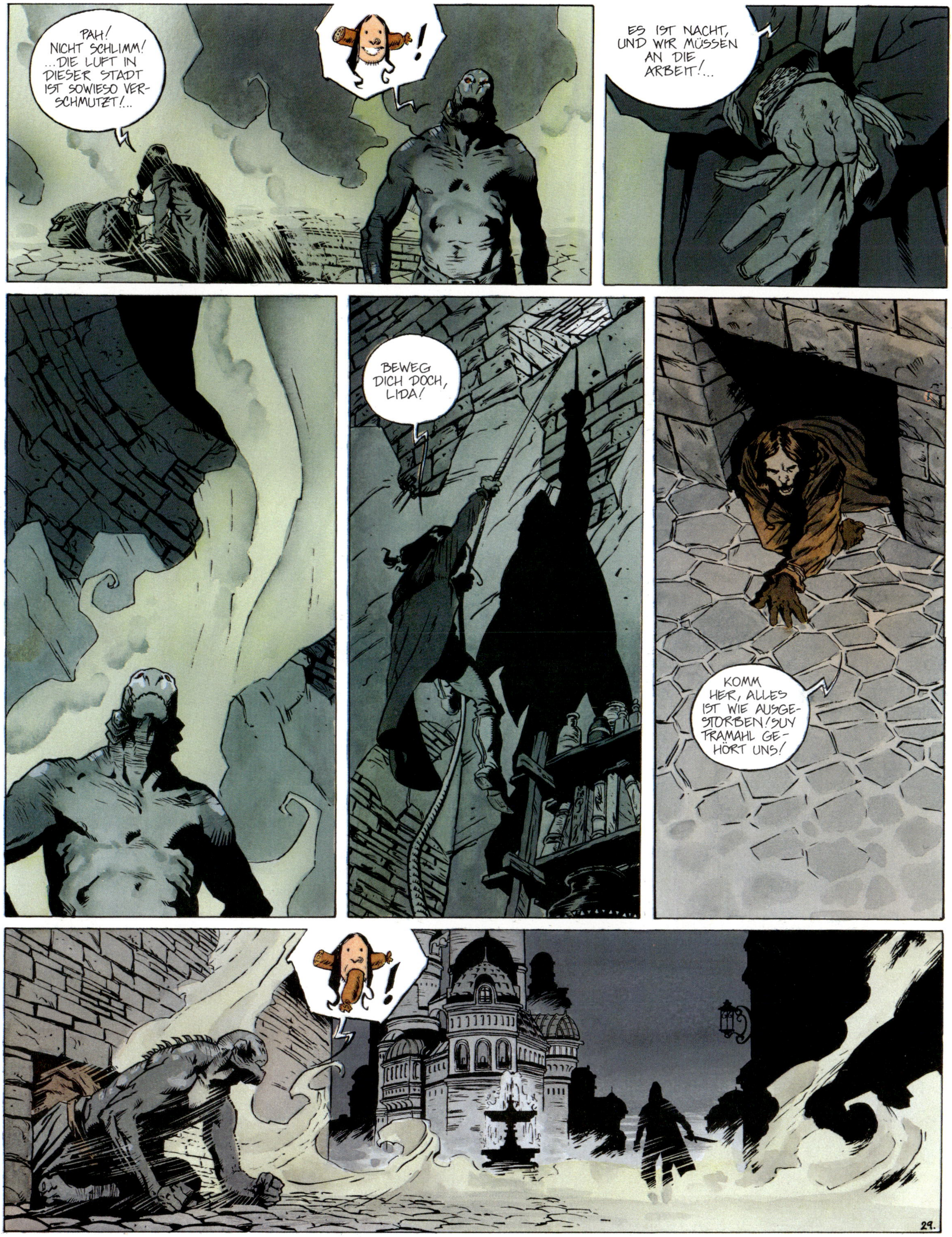
PAH! NICHT SCHLIMM! ...DIE LUFT IN DIESER STADT IST SOWIESO VERSCHMUTZT!...
!
ES IST NACHT, UND WIR MÜSSEN AN DIE ARBEIT!...
BEWEG DICH DOCH, LIDA!
KOMM HER, ALLES IST WIE AUSGESTORBEN! SUY TRAMAHL GEHÖRT UNS!
!
29.

WO SEID IHR?
WO SEID IHR? WO VERSTECKT IHR EUCH?
MÖGLI-CHERWEISE HIER! ...
LOS, SUCH SCHON!... DU BIST FAST DA!...
HIER!

AAAH !?
AHAHAH! SO EINE IDIOTIN!
AAAAAAAH!
AAAAAAAAH!
KOMMT ZURÜCK, IHR BLÖDEN WEIBER!!! IN DIESEM KASTEN IST NICHTS ANDERES ALS IHRE ANGST!
31.

SIEBL'HIN !!?
SIEBL'HIN! ...HONIG MEINER SEELE! ...DIESE SCHREIE...
ICH HABE UM DEIN LEBEN GEFÜRCHTET, MEIN ENGEL!...
WAS FÜR EINE SCHRECKLICHE ANGST DU DEINEM VATER BEREITET HAST!
ACH, ES IST NICHTS PASSIERT, MEIN GELIEBTER KAISER!
DU BIST DAS GLÄNZENDE JUWEL DIESES PALASTES!
32.

DIESE KREATUR IST FÜR DIESE GANZEN SCHWEINEREIEN VERANTWORTLICH!...
IHRE FAMILIE WIRD BESTRAFT WERDEN!... GRÄME DICH NICHT!...
ICH MUSS ZURÜCK ZU MEINEN MINISTERN!... DER KRIEG ...
WELCHE ÄNGSTE VERBIRGT MEINE LATERNE FÜR DICH, GELIEBTER KAISER UND VATER?...

AAAH!
UND FÜR DIE TOCHTER DES KAISERS?!... WAS IST IN DER LATERNE?!...
SIEH DOCH SELBST NACH!!!
PAPAAA!

SIEBL'HIN!

AHHH! VER-DAMMTE TÜR!!!
PAPAAA...
BAM!
SIEBL'HIN !!!
BAM!
KRRR..
BAM!
BAM!
BAM!
ZU SPÄT!
KRAAA!
35.

SOBALD ER UM DIE ECKE KOMMT, SCHNAPP IHN DIR!
DER BARON KANNTE KEINE ...HICK!... GNADE FÜR IHRE TATEN...
!
...DIE DREI BANDITEN... HICK!... WURDEN GEHÄNGT ...IHRE KÖRPER... HICK!... BAUMELTEN IN DER LUFT...
KROTSCH!
GHAACK!
LIDA! ...PASS DOCH AUF!!!...
?
KONZENTRIER DICH AUF DEINE ARBEIT!
?!
36.

!!
WAS IST MIT DIESEM TURM ?! WAS SOLL DAS ?!...
DAS IST UNSERER! ALSO!...
!
ER LEUCHTET !?
DU HAST MEHR GERAUCHT ALS UNSER KUNDE!
!!
DA IST NICHT MEHR LICHT AUF DIESEM TURM ALS GOLD BEI DIESER LEICHE!!!
37.

GRAAAH
HAST DU DAS GEHÖRT ?!
ES KAM AUS DEM BUSCH... AUS ZYNSKIS LAGER!...
DA... DA BEWEGT SICH WAS!... DIESE BÄUME!
O GOTT!...
BRAAAAM!
38.

39.

NA, MIECQ!? IST DEINE NACHT ZU ENDE? KEHRST DU IN DEIN LOCH ZURÜCK?
BEEIL DICH, LIDA! ES WIMMELT VON MILIZIONÄREN! SONST ERWISCHT UNS NOCH EINE PATROUILLE!
HEUTE NACHT IST IM PALAST BESTIMMT ETWAS PASSIERT!...
PLÖTZLICH SIND DIE STRASSEN VOLLER WACHEN!... DOCH NICHT ETWA UNSRETWEGEN!...
WAS IST LOS MIT DIR? DU WOLLTEST NICHT HIERHER ZURÜCK? DER TURM IST VERDAMMT?... ALLES QUATSCH!
?!
WAS IST DAS DENN FÜR EIN DING?!...
HSSS...
40.

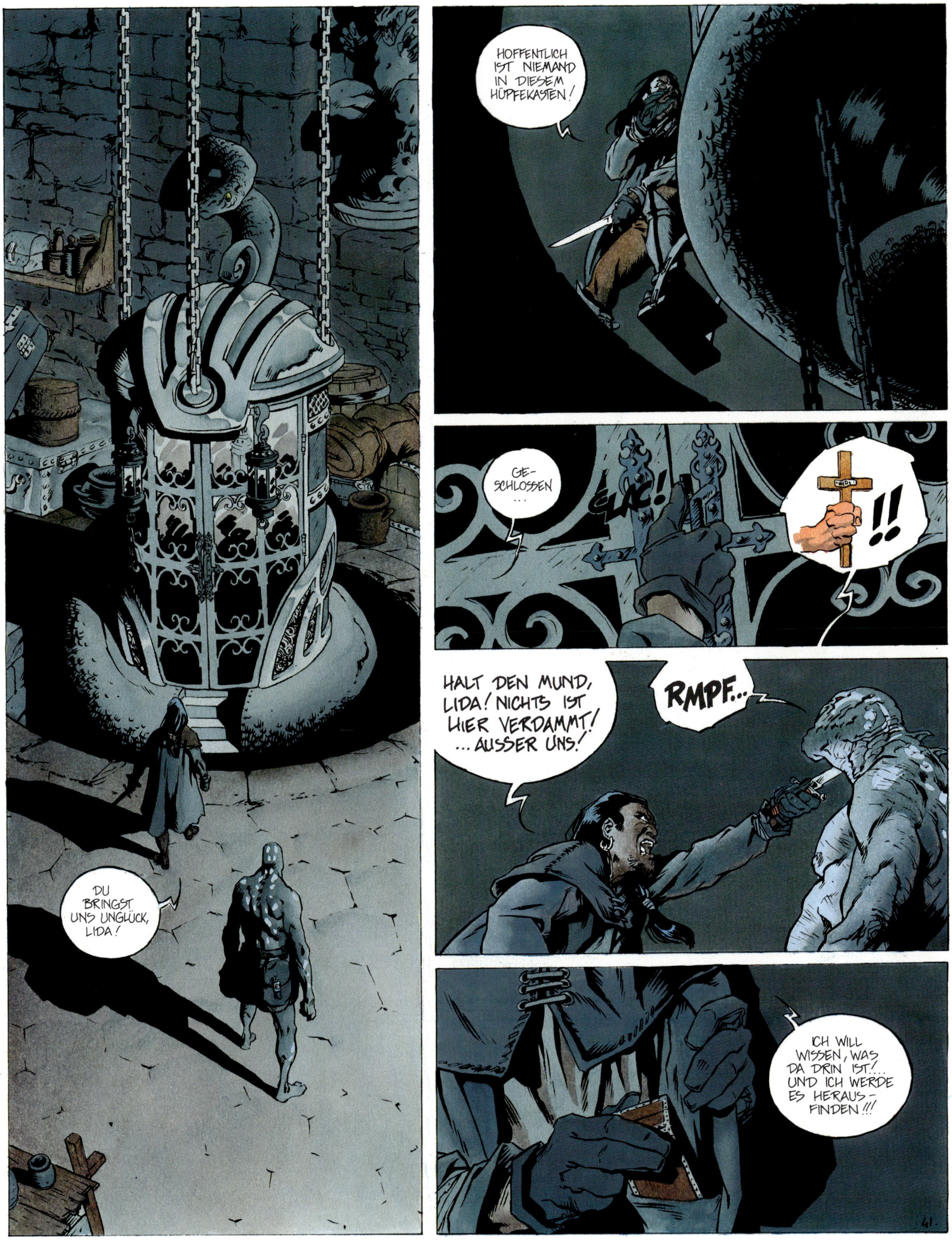
DU BRINGST UNS UNGLÜCK, LIDA!
HOFFENTLICH IST NIEMAND IN DIESEM HÜPFEKASTEN!
GE-SCHLOSSEN ...
CLAC!
!!
HALT DEN MUND, LIDA! NICHTS IST HIER VERDAMMT! ... AUSSER UNS!
RMPF...
ICH WILL WISSEN, WAS DA DRIN IST! ... UND ICH WERDE ES HERAUS-FINDEN!!!

KLEINES SCHLOSS, DU HAST ES MIT MIECQ, DEM RÄUBER, ZU TUN! ...
PFFOUT!
TCHAK!
???
WAUUUH!! GENAU DAS, WAS MIR NOCH GEFEHLT HAT!
!

HO! MÄDCHEN!
!!?
SCHLÄFT SIE ETWA NOCH?!
DANN...
POF!
...NUTZE ICH ES LIEBER GLEICH AUS!
HMPF!
DU IDIOT! BESSER, DU SCHAUST DICH NACH EINER KRÖTE DEINER ART UM!
DU UND DEINESGLEICHEN, IHR FRESST JA NUR SOLCHE WIE MICH. ALSO SAG MIR NICHT, WAS ICH ZU TUN HABE!
ÎIK ÎIK ÎIK ÎIK ÎIK ÎIK ÎIK ÎIK ÎIK
43.

HAT ES ZIEMLICH EILIG, DER KLEINE!... HE, ABER...!?... ER HAT DIE GLEICHE BRILLE WIE ICH!...
UND AUF SEINER KLEIDUNG DAS GLEICHE ZEICHEN WIE AUF ALLEN DIESEN KÄSTEN!...
ICH BIN MIR SICHER, DIESES ZEICHEN SCHON IRGENDWO GESEHEN ZU HABEN!...HATTE LIDA ETWA RECHT?!...
DIE KLEINE SCHLÄFT! SIE IST NICHT MAL AUFGEWACHT! BESTIMMT SCHLUCKT SIE TSETSEFLIEGEN, BEVOR SIE INS BETT GEHT!!!
SIE SCHREIBEN ÜBER UNS IN DER ZEITUNG VON SUY TRAMAHL!
DER KÖNIG ZYNSKI HAT GEKONTERT!...
ICH WEISS, SALEM!... MEINE ENGEL SIND SCHON UNTERWEGS!...

ICH BRAUCHE KEINE ZEITUNG ZU LESEN, UM ZU WISSEN, DASS MEINE KOLOSSE DIE VERTEIDIGER VON SUY TRAMAHL VERNICHTET HABEN!...
ICH ...SPÜRE ...ES!!!
DIESE STADT IST AB SOFORT ERLEDIGT!!!
MEINE „STEINERNEN ENGEL" SIND HEUTE NÄHER ALS GESTERN. IN DIESER NACHT LASSE ICH SIE WIEDER ERWACHEN...UND DANN JEDE NACHT, SOLANGE BIS SIE DIE MAUERN VON SUY TRAMAHL ZERSTÖREN!!!
ICH KANN...IHNEN NICHT SAGEN, WIE SEHR MICH IHR ZAUBER, DEN ICH HEUTE NACHT OBEN AUF IHREM TURM ERLEBEN DURFTE, BEEINDRUCKT HAT!
IHR SEID...SO SCHÖN!!! ...
45.

SALEEEM ??...
SALEEEM!
AAAH!
YEEOOH!
SIEH DICH VOR, SALEM! WENN DU DEN VIBRATIONEN, DIE MEIN ZAUBER VERURSACHT, NICHT GEWACHSEN BIST, NEHME ICH MEIN GESCHENK ZURÜCK!
JA, HERRIN! VERZEIHT MIR! ...
ZEICHNUNGEN: SPRINGER TEXT: GIBELIN